Wenn sich die Welt verwandelt

Still werden und staunen

Es muss eine Zeit im Jahr geben, eine wirkliche Pause, in der wir leiser und langsamer werden. In der alles zur Ruhe kommen und sanft werden darf. Unsere Sorgen, unser Tun, unsere Aufregung. Das Funktionieren, das Durchhalten, die Anstrengung. Und der Lärm, außen und innen. Vor allem der. So dass unser Herz in dieser Stille seinen eigenen Schlag wiederfindet. Weil wir uns sonst verlieren. Erst in dieser Pause kommen wir zu Atem und verbinden uns mit unserem Anfang. Und danach kann es dann wieder neu losgehen. Gegründeter und leichter. Die Kraft, die uns dann weiterträgt, kommt von innen. Dort wurzelt sie, wenn wir ruhig werden. Doch wir müssen ihr diese Möglichkeit auch geben und die Pausen, die sich uns anbieten, nutzen.

So wie jeder Tag seine Pause hat – die Nacht – und jede Woche ihre Pause – den Sonntag – , so hat auch das Jahr seine Pause. Weihnachten. Wagen wir es, dieses Fest zum Fest der Stille und des Atemholens zu machen.

Stille Zeit

Hörst du? Es ist so still um dich her
Leicht wird, was vorher drückend und schwer
Tag wird, wo vorher dunkelste Nacht
Als wär ein Wunder zum Leben erwacht
Hörst du? So leis war es lange nicht mehr
Öffne die Hände, sind sie auch leer
Öffne dein Herz, dass das Licht hinein fällt
Hörst du? Es ist so still auf der Welt …

1. DEZEMBER

Vorweihnacht

Noch schlafen auf dem Felde
Die Tiere und das Gras
Noch ist die Welt so dunkel
Sei still, ich höre was

Ich hör von fern so Schritte
Als ginge jemand los
Als läge allem Schweigen
Ein Wunder tief im Schoß

Lass uns gemeinsam lauschen
Ob es uns nah sein kann
Hörst du nicht auch die Schritte
Ich glaub, der Tag bricht an

2. DEZEMBER

Advent

Wenn es dunkelt in der Welt
Eine Kerze aufgestellt
Ihre Flamme wärmt dich sacht
Trägt ein Licht in deine Nacht
Und erinnert dich daran
Dass es hell wird irgendwann

Gib nicht auf, die Dunkelheit
Dauert nur begrenzte Zeit
Nie wird sie die Macht erringen
Morgen werden Vögel singen
Morgen steigt der Sonne Lauf
Stelle eine Kerze auf

3. DEZEMBER

Dezemberwege

Die Tage so kurz
Das Licht so rar
Die Straße so kalt
Menschen im Dunkeln
Noch suchen sie
Tausende Dinge
Immerhin wäre es möglich
Dass sie bald
Innehalten
Und sich finden lassen
Von dem
Was sie nicht suchten

4. DEZEMBER

Aufbruch

Der Advent schnallte die Steigbügel kürzer, legte die Hände auf den Sattel und schwang sich aufs Pferd. Es wurde Zeit. Die Menschen brauchten Licht. Sie brauchten es dringend. Am Sattelknopf hatte er seine winzige Laterne befestigt. Ob sie reichen würde? In diesem Jahr glitt sein Blick mit Sorge zur Erde. War sie ihm je so dunkel erschienen?
Entschlossen griff er nach den Zügeln und schnalzte mit der Zunge.
Das Pferd setzte sich in Trab.
Sanft fiel das Licht seiner kleinen Laterne über den Schnee.
Die Kristalle reflektierten es und schimmerten leicht.
Es wird reichen, sagte er sich. Es wird reichen. Und wenn es nur ein einziges Herz anzündet. Nur eine Hoffnung einpflanzt. Nur ein Menschenkind wieder glauben machen kann, dass Frieden möglich ist. Dass sie es eines Tages schaffen können, so begrenzt wie sie sind. Licht setzt sich fort, von Herz zu Herz. Das weiß ich doch. Das war immer so.
Und er kraulte seinem Pferd den zottigen, warmen Hals.

5. DEZEMBER

Jedes Jahr

Jedes Jahr wieder. Weihnachten. Wir wissen es doch. Wir wissen schon, was da war. Wir kennen die Geschichte doch auswendig. Wir haben sie schon so oft gehört. Stimmt das? Haben wir sie wirklich gehört? Haben wir die Ohren wirklich aufgemacht? Das Ungeheuerliche ankommen lassen? Ganz tief in uns? Das Ungeheuerliche eines Gottes, der immer noch glaubt, dass wir, die Menschen, fähig zum Frieden sind? Das haben wir nicht. Hätten wir es, wir würden anders leben.

6. DEZEMBER

Dezemberbriefe

Briefe schreiben. An den anderen denken. Das Papier verzieren. Es zwischen den Fingern spüren. Zur Ruhe kommen. Der Stille lauschen. In die Kerze schauen. Fragen, wie es geht. Fotos aussuchen. Sie ansehen und sich erinnern. Worte finden. Erzählen, was war. Erzählen, was ist. Langsam. Mit Pausen zwischen den Sätzen. Alles durchlesen. Noch etwas schreiben. Sich aufs nächste Wiedersehen freuen. Sich nach den Kindern erkundigen. Vom vergangenen Jahr erzählen. Ein gesegnetes Weihnachtsfest wünschen. Fragen, was der andere im nächsten Jahr vorhat. Ihm Mut wünschen. Ein Gedicht mit hinein stecken. Einen Glitzerstern auf den Umschlag kleben. Und eine schöne Briefmarke. Zur Ruhe kommen. Briefe schreiben.

Nicht mehr lang, dann kommt ein Stern

Sehnsucht ist der Anfang

Es gibt diesen Ort, an dem alles neu werden kann. Manchmal ist es ein Stall. Nur ein Unterschlupf. Aber immer sind Menschen dort, die sich irgendwann einmal auf den Weg gemacht haben, um ein Wunder zu sehen. Oft brauchen wir Hilfe, um solch einen Ort zu finden. Hilfe von Menschen, Eseln und Engeln. Von Mutigen, die sich vorwagen. Von Freudigen, die an das Wunder glauben. Was wir aber vor allem brauchen, ist eine Sehnsucht. Immer ist die Sehnsucht der Anfang von allem. Bevor wir etwas ändern, irgendwann in unserem Leben, muss eine Sehnsucht da sein. Ohne sie gehen wir nicht los. Ohne sie lassen wir nichts hinter uns. Eine Sehnsucht ist nötig, damit etwas Neues passiert

Nicht mehr lang

Nicht mehr lang, dann kommt ein Stern
Heller Stern mit schönem Schein
Weist den Weg, hält überm Stall
Lässt die Sucher nicht allein

Nicht mehr lang, dann steigt ein Engel
Leuchtend zu den Hirten nieder
Und erklärt mit starker Stimme
Dass der Frieden kehret wieder

Nicht mehr lang, dann wird es still
Zauber legt sich auf die Straßen
Und das Wunder kommt zu uns
Wunder über alle Maßen

7. DEZEMBER

Warten

Warum ist das Warten, das Warten so schwer
Der Wünsche so viel und die Qual immer mehr
Die Sehnsucht so groß und das Herz dir so leer
Warum ist die Zeit des Wartens so schwer

Kommt alles zur rechten, zur rechten Zeit
Nicht wenn wir es wollen, ist es so weit
Im Warten passiert es, dein Herz wird bereit
Kommt alles, kommt alles zur richtigen Zeit

8. DEZEMBER

Erwartung

Im gefrorenen Boden
Demütig werden

In der Kälte
Loslassen

Und wie die Tulpe
Im Erdreich

Warten auf Licht

9. DEZEMBER

Hätten wir den Mut
Mit leeren Händen zu kommen
Wir würden anders beschenkt

Hätten wir den Mut
Die Musik abzustellen
Wir würden die Botschaft hören

Hätten wir den Mut
Nicht alle Feiertage durchzuplanen
Vielleicht wäre Platz
Für das Kind

Weihnachtsmut

10. DEZEMBER

Friedenssehnsucht

Geweihte Nacht
Das Wort hat Macht
Es möge Friede auf Erden
Nun endlich, endlich werden

Ist Frieden schwer?
Wo kommt er her?
Wenn jeder ihn umarmt und küsst
Wenn in uns selber Frieden ist

Geweihte Nacht
Ein Kind erwacht
Setzt Sehnsucht in die Herzen ein
Ab heut soll dort Frieden sein

Von guten Mächten

Die Botschaft der Engel

Darum

Warum der Engel
Jedes Jahr wiederkommt?

Weil wir Menschen
Ein träges Herz haben

Das sich schwer tut
Die Hoffnung zu lernen

Darum kommt er
Und ruft es uns

Jedes Jahr wieder zu:

Friede auf Erden!

11. DEZEMBER

Der vergessene Engel

Ich glaube, wir haben den Engel vergessen. Den auf dem Feld. Wir sind zu schnell losgerannt, zusammen mit den aufgeregten Hirten, begierig, das große Wunder nicht zu verpassen. Das Licht. Wir sind zu schnell losgerannt zum Stall. Das Kind, der neue König, die außerordentliche Geburt. Welch eine Nachricht! Wir wollten es unbedingt sehen. Wir wollten dabei sein.

Aber der Engel, der ganz zuerst auftauchte, der, der uns zurief, dass wir uns nicht fürchten sollen, der es wagte, vom Frieden zu sprechen, den haben wir stehen lassen, unter dem großen, dunklen, unendlichen Himmel. Auf dem Feld. Ganz einsam. Wir haben den Engel vergessen und das, was er zuerst sagte. Dass wir uns nicht fürchten sollen. Dass Frieden möglich ist. Heute. Morgen. Jeden Tag. Wenn wir es nur wollen.

12. DEZEMBER

Botschaft der Engel

Kommt an
Es ist alles getan
Alles Gute kommt wieder

Seid still
Strengt euch nicht mehr an
Legt die Arbeit nieder

Öffnet
Das Herz und die Hände
So voll sie auch sind

Werdet
Was in euch wartet
Werdet das Kind

13. DEZEMBER

Das Versprechen

Ich werde meine Flügel ausbreiten, sagte der Engel. Ich werde bei euch sein, wenn eure Füße schwach werden und ihr nicht mehr weiterkönnt. Ich werde über eurem Schlaf wachen, wenn ihr euch niederlegt. Ich werde eure Augen vor der Sonne schützen, eure Körper vor der Kälte und eure Seelen vor dem Bösen, wenn ihr weitergeht. Ich werde euch Worte schicken, wenn ihr verstummt. Ich werde euch aufhelfen, wenn ihr stolpert. Ich werde euch die Last abnehmen, wenn sie euch zu schwer ist. Ich werde auch dann bei euch sein, wenn ihr glaubt, vollkommen verlassen zu sein, wenn Einsamkeit und Leere euch umgeben und die Unendlichkeit des Alls euch erschreckt. Ich werde da sein, denn Zeit ist nichts, das mich einschränkt. Meine Geduld hat kein Ende. Und ich werde euch das große Friedensversprechen, um dessentwillen ich schon vor so vielen Jahren gekommen bin, so lange zurufen, immer wieder aufs Neue, bis ihr endlich eure Ohren und Herzen öffnet, es hineinlasst und davon verwandelt werdet. Das verspreche ich.

Wo ist der Stall?

Auf dem Weg zur Krippe

Unterwegs

Manche Wege sind hart und man
Glaubt mitunter, man käme nie an
Staubig die Füße, die Finger eiskalt
Aber im Herzen die Hoffnung uralt

Lange Wege, Staub an den Schuhen
Nirgends Gelegenheit auszuruhen
Hinter uns Wald und vor uns Wald
Aber im Herzen die Hoffnung uralt

Wege aus Stein und Wege aus Sand
Gehen wir weiter von Land zu Land
Grau sind wir auf dem grauen Asphalt
Aber im Herzen die Hoffnung uralt

Wege und Straßen und Schritt für Schritt
Wo gehen wir hin? Und wer kommt mit?
Wo finden wir einen Aufenthalt?
Aber im Herzen die Hoffnung uralt

Wir geben nicht auf, wir glauben daran
Eines Tages kommen wir an
Wir bleiben unserer Hoffnung treu
Die wohnt im Herzen jeden Tag neu

14. DEZEMBER

Wie man zum Stall kommt

Stehenbleiben
Hinschauen
Mitfühlen

Die Hand reichen
Zuhören
Lächeln

Sich Zeit lassen
Sich verschenken
Dankbar sein

15. DEZEMBER

Wo ist der Stall?

Wo ist der Stall
Da Gott geboren wird?
Ist er nah oder fern
Steht er unter dem Stern?
Gab es ihn vor der Zeit
Ist er unendlich weit?
Ist er vielleicht schon hier
Wo ist der Stall?
Er ist in dir
Geh hin
Öffne die Tür

16. DEZEMBER

Die Verwirrung

Weihnachten ist nichts für Feiglinge
Wer das Elend im Stall nicht sieht
Wer Herodes Soldaten nicht hört
Wird auch den Stern nicht sehen
Wird auch den Engel nicht hören

Dieses Fest will alles von dir
Deinen Mut, dein nacktes Herz
Deine Unsicherheit, deine Tränen
Dein Trotzdem, deine Freude
Und immer deine Zuversicht

Weihnachten kehrt alles um
Das Kleinste ist himmelgroß
Das Schwächste ist König
Das Nackte ist unverletzbar
Der Friede umarmt die Welt

Wer dieses Fest wagt
Für den bleibt nichts wie es war
Er kann sich nicht mehr verstecken
Hinter Kontoständen, süßen Worten
Und Weihnachtsbäumen

17. DEZEMBER

Sie hatten
Keine Erstausstattung
Keine Wohnung
Keine Papiere

So viel Unvernunft
Einfach loszugehen
Als wäre Friede auf Erden
Als wäre für alles gesorgt

Die Nacht war dunkel
Der Weg mühsam
Endlich ein Stall
Und in der Futterkrippe
Stroh für das Kind

Diese Zusage
Dieses Vertrauen
Diese Hoffnung
Vielleicht feiern wir das

Friede auf Erden

18. DEZEMBER

Und wer von uns würde
Schon Fremde einlassen
So staubig zerlumpt auch
Von weit her gekommen
Und dann auch noch schwanger
Man hört ja so vieles
Wer hilft heut noch leichthin
Wer schützt sich nicht besser
Vor Lügnern Betrügern
Man hört ja so vieles
Da hält man sich lieber
Heraus und tut vornehm
Da ist es doch besser
Sich nicht zu gefährden
Da sagt man doch leichter
Es tät einem leid und
Da schließt man die Türe
Doch rasch wieder ab
Da denkt man nicht weiter
Schon gar nicht ans Kind
Und dass man es bräuchte
Und dass es zu uns will

Unbehaust

19. DEZEMBER

Ein Licht

Das Herz aufmachen
Wie einen Stall
Fremdes einlassen
Unbekanntem vertrauen
Das Kind willkommen heißen
Ein Licht anzünden
Im Innern

Weihnachtswunder

Was wir feiern

Wir feiern ein Kind. Das ist einfach. Wird ein Kind geboren, kann sich jeder mitfreuen. Ein Kind ist arglos. Es will nur leben. Es ist neugierig. Es geht auf jeden zu. Ohne Vorbehalte. Ohne Urteil. Ohne Scheu. Es will wissen, wie das ist: Mensch sein. Es will das von uns wissen.

Wir feiern ein Kind. Ein Kind, das offen ist. Das sich zeigt. Das spielen und entdecken will, was man alles auf dieser Erde machen kann. Ein Kind, das seine Umgebung untersucht und beobachtet. Dem ein Käfer genauso spannend ist wie eine Katze oder ein Huhn.

Wir feiern ein Kind, das auf diese Erde kommt. Nackt und unversehrt. Ein Kind, das Vertrauen hat. Das Zärtlichkeit und Liebe braucht. Von uns. Das leidenschaftlich an unser weiches Herz glaubt. Es unterstellt uns das Beste.

Wir feiern ein Kind. Wir feiern, was in uns kindlich, offen und unversehrt geblieben ist, trotz allem. Was in uns arglos ist und leben will. Was in uns neugierig ist und ohne Scheu und Scham. Wir feiern das Weiche in uns, das sich anderen zärtlich und liebevoll zeigen will, wie es ist. Wir feiern, dass das Göttliche in uns wohnen möchte.

Das Fest

Da wird in einem armen Stall
Ein armes Kind von einer armen Frau geboren
Es sind wohl Spinnweb an den Balken
Und das Dach ist eisig überfroren

Es riecht nach Schweiß und Stroh
Nach Schmerz und leerem Magen
Wie es mit ihnen weitergehen soll
Das wissen beide Eltern nicht zu sagen

Dies feiern wir in unserm reichen Land
Mit Braten, Glitterglanz und Goldgeschenken
Und wähnen gar, wir würden dieserart
Dem Kind im Stroh damit gedenken

Das einzig kam
Um uns
Von allem Falsch und Bösen
Zu erlösen

20. DEZEMBER

Weihnachtsmoment

Wenn sich Trauer
Und Freude vermischen
Innen
Zu etwas Glühendem
Leuchtend
Hinter geschlossenen Augen
Wenn abfallen
Wissen und Zweifel
Mühen und Wollen
Haben und Sein
Wenn gar nichts mehr da ist
Das Ich sagt
Nicht mal mehr Angst
Und der freiwerdende Raum
Zur Herberge wird

21. DEZEMBER

Im Stall

Ein Dach überm Kopf
Etwas Schutz etwas Stroh
Das ist etwas wert
Da ist man schon froh

Die Wände bewahren
Vor eisigem Wind
Das Heu in der Krippe
Wärmt sachte das Kind

Ein Mensch braucht nicht viel
Etwas Schutz etwas Licht
Doch jeder Mensch hat
Dieses Wenige nicht

22. DEZEMBER

Zeichen des Wohlwollens

Weihnachten. Vielleicht macht uns kein anderes Fest so klar, dass wir als Menschen immer Bedürftige sind. Dass wir nur leben können, wenn wir uns beschenken lassen. Nicht nur zu Weihnachten, sondern jeden Tag. Diese vielen kleinen Zeichen des Wohlwollens, der Zuneigung, Freundlichkeit und Liebe. Wir haben sie nötig. Wie jeder andere auch. Weshalb wir unserem Wesen nach eben nicht nur Schenkende sind, sondern auch Beschenkte. Erst wenn unser Herz so weich geworden ist, dass wir vorbehaltlos beides sein können, werden wir ganz.

23. DEZEMBER

Diese Nacht, in der es so still ist
Diese Nacht, in der die Straßen so leer sind
Und die Fenster so hell
Von leuchtenden Bäumen
Diese Nacht mit dem vielen Licht
Diese Nacht mit den vielen Tränen
Rinnend aus Träumen
Glänzend vor Sehnsucht
Diese Nacht, deren Himmel murmelt
Wie aus tausend Mündern
Das alte Versprechen
Immer und immer wieder
Frieden

Diese Nacht

24. DEZEMBER

Heilige Nacht

So viel Licht ist nie
Tausend kleine Laternen
Tastend geht mein Blick
Bis hinauf zu den Sternen
Hör die Botschaft an
Bald wird alles sich wenden
Lasse, was ich kann
Halt ein Licht in den Händen

25. DEZEMBER

Das Versprechen

Den Wundern glauben
Das Alltägliche zur Seite stellen
Sich verzaubern lassen
Von einem großen Versprechen
Weitererzählen
Dass Frieden möglich ist

26. DEZEMBER

Das letzte Stück des Jahres
Langsam werden
Die nächsten Schritte
Nicht planen
Das Gepäck
Abstellen

Leicht sollen sie sein
Und leer
Deine Hände
Wenn du das Licht einfängst

Wunschzettel

Zwischen den Jahren

Wenn Neues beginnt

Das Schönste an Weihnachten ist für mich immer, zu merken, dass wir alle Kinder geblieben sind. Kinder, die mit Wundern rechnen, die einfach nur Frieden wollen und gar kein Problem damit haben, ihr Herz zu öffnen und ihre Liebe zu zeigen. Kinder, die an das Gute glauben, für jede Überraschung zu haben sind, von früh bis spät spielen, träumen und die Welt neu erfinden.
Von Jahr zu Jahr erscheint es mir erstaunlicher, dass dieses große Fest etwas so Kleines wie ein Neugeborenes im Blick hat und uns Menschen damit alle auf Anfang zurücksetzt, dorthin, wo jeder von uns ganz neu beginnen kann.

Das Wort

Das Wort ist ein Kind geworden
Das spricht uns frei
Von Mühe und Schuld
Von Angst und Versagen

Das Wort ist ein Kind geworden
Das reicht uns die Hand
Das sieht uns an
Und alles wird hell

27. DEZEMBER

Am Ende des Jahres

Am Ende des Jahres ruhig werden
Sich nicht anstecken lassen von dem, was angeblich sein muss
Am Ende des Jahres ruhig werden
Tag für Tag ruhiger
Eintreten in eine besondere Zeit
Stillhalten
Loslassen was vorbei ist
Schweres ablegen
Eine Kerze anzünden
Sich vorbereiten
Am Ende des Jahres ruhig werden
Sich innen schön machen
Für das Kind und das Licht
Für den Anfang und den Frieden

28. DEZEMBER

Herausforderung

Die Zeit anhalten
Zwischen den Jahren
Kalender und Uhr
Sein lassen
Was sie sind
Erfindungen
Zeitlos werden
Raumlos
Grenzenlos
Im Ganzen ankommen
Und bei sich selbst

29. DEZEMBER

Zwischen den Jahren

Tage die kälter werden
Nacht die uns umfängt
Gut wenn da einer zum andern
Kommt und ihm Liebe schenkt

Die Welt steht ein bisschen stille
Die Zeit hält den Atem an
Wir entzünden ein Licht im Dunkeln
Und wärmen uns daran

30. DEZEMBER

Die Zusage

Nicht in jeder Nacht
Die dir bitter sei
Und die du durchwacht
Kommt ein Engel vorbei

Und doch weißt du
Seit der Heiligen Nacht
Dass Gott das Unmögliche
Möglich macht

Darum vertraue
Hab Zuversicht
Ins Unmögliche schaue
Setz auf das Licht

31. DEZEMBER

Zum Jahreswechsel

Das alte Jahr geht still vorbei
Nun Lichter ins Fenster gestellt
Dass sich das neue zum alten Jahr
Ganz freundschaftlich gesellt
Dass wir uns erinnern, wozu wir sind
Auf dieser wildschönen Welt
Und sie erhellen in dunkler Nacht
Wenn die Zeit den Atem anhält

1. JANUAR

Sonnenwende

Es wird wieder heller
Am Tag Stück für Stück
Das Dunkel muss weichen
Das Licht kehrt zurück
Ein ganzes Jahr endet
Sieh, wie es zerrinnt
Nun wird es gewendet
Das Leben gewinnt